봄을 기다리며

봄을 기다리며

초판 1쇄 발행 2026년 1월 15일

지은이 | 황화진
만든이 | 이한나
펴낸이 | 이영규
펴낸곳 | 도서출판 그린아이

등록 연월일 | 2003. 12. 02.
등록 번호 | 제2-3893호
주소 | 서울특별시 은평구 녹번로 6-11, 201호
전화 | 02)355-3035
이메일 | gmh2269@hanmail.net

ISBN 979-11-91376-65-4(03810)

봄을 기다리며

황화진 시집

그린아이

어려서부터 말과 글에 관심이 많았다. 고등학교 때부터는 더러 잡지에 내 글이 실리면 그렇게 기쁠 수가 없었다. 다른 친구들 연예인에 환장할 때 나는 글 쓰는 사람들이 더 멋있어 보였다. 신학교 다닐 때도 글 쓰는 걸로 아르바이트를 했고 목회하면서 주보 한 면은 수필이든 시든 칼럼이든 채워 넣어야 해서 글은 매주 쓰게 되었다.

그러다 1999년도에 수원문학상(수필 부문)을 수상하면서부터는 본격적으로 문인의 길을 걷게 되었다. 그간 10여 권의 책을 냈고 주로 수필 쪽에서 활동을 하다가 시집으로는 처음이다. 여기에 수록된 작품들은 전부 산문인 듯 시인 듯한 산문시이다. 내가 뜻하지 않게 다리를 다쳐 몇 달째 방 안에만 있다 보니 그간 써놓은 글들을 정리하게 되었다.

내가 문인들 틈에 끼어 있기는 하나 위낙 글재주가 시원치 않아 늘 조심스레 처신한다. 부족한 글에 작품 해설을 써 주신 김지원 시인님께 깊이 감사드리고 예쁜 책으로 만들어 주신 도서출판 그린아이 대표 이영규 장로님께 심심한 감사를 드린다.

2026년 새해 아침 서봉산 기슭에서
저자 **황화진** 씀

제 2 부

뜨거운 여름

차례

제4부

첫눈이 내리면

제1부

개구리 소리

삼일절

기미년 3월 1일
발안 장터엔

장이 선 것이 아니라
만세의 물결이 굽이쳤다
처절하고, 애절하고
격렬하게 터져 나온 그 함성

그리고 4월 15일
주일도 아닌데
교회당 종소리가 울렸다

그렇게 동네 주민들까지
제암리교회당에 모아놓고
차마 말로 다 못 할 일~
끔찍한 집단 학살이 벌어졌다

밖에서 문 잠그고 불 지른 헌병들
거기에 무차별 총격까지 더해

주민 23명, 가옥 30여 채가
속절없이 스러졌다

아! 이 원통함
이 잔혹함
그 시절 왜군들
사람인가, 악마인가

우린 그날을 잊을 수 없다
기미년 3월 1일을
한으로 새겨 기억하노라.

개구리 소리

사오십 년 만에 다시 듣는
시골의 개구리 소리
정말 청아하다

밤공기를 가르며
터쳐 나오는 그 함성
작지만 또렷한 외침

자연 생태계의
살아 있는 숨결이
파문처럼 번져 오는데

웬일인지
그 소리는
희망의 함성으로 들린다.

촌사람

향긋이 스며오는
풀냄새 흙냄새

거기에
밤꽃 향기까지 더해져

앞다투어 밀려오는
자연의 에너지

원래 나는
촌사람

이 시골의 냄새에
오늘도
흠뻑 취한다.

세월엔 쉼표가 없다

흘러가는 구름은
멈추지 않는다

우리 인생도 마찬가지다
흐른다는 사실 자체가
우리의 운명이다

시간은 누구에게나 공평하다
그러나
그 시간을 어떻게 견디고
어떻게 초월하느냐는
각자의 힘에 달려 있다

사람들은
수많은 사연을 남긴다
고통도 기쁨도
흐름 속에 새겨진
살아 있음의 흔적이다

육신은 언젠가 쇠락한다
그러나 마음은
늘 청춘이다
넘어서려는 의지 속에서
청춘은 다시 깨어난다

흐름을 사랑하며
멋진 피날레를 꿈꿀 뿐이다

세월에는
쉼표가 없다

흐름을 사랑하는 자에게
세월은
멈추지 않는 심장처럼
늘 현재형으로 뛰고 있다.

우리 딸

아장아장 걸을 때
내가 자전거 짐받이에
태우고 다녔지

한참 가다 보면
졸음을 못 이겨
꾸벅꾸벅
떨어질 듯 고개를 떨구고 있다

그럴 때면 나는
급히 도로변 풀밭에
내 겉옷을 깔고
그 위에 딸을 눕혔다

그리고 멀뚱히
깰 때까지 기다렸다

한잠 자고 난 딸은
겨우 배운 어설픈 말로

"아빠, 왜 여기 이떠?"
하고 물었다

그랬던 딸이
이제 벌써 불혹에 와 있다

살처럼 빠른 세월
잡을 수는 없을까?

행복

행복을 거창한 곳에서 찾지 마세요
사실, 그런 곳에는 없습니다
행복은 늘 작은 틈새에서
조용히 우리를 기다립니다

사람들은 종종
엉뚱한 곳에서만 행복을 찾으려 하고
정작 눈앞의 행복을 놓치곤 합니다

이제부터는
작은 것 속에서 행복을 발견하고
작은 것에서 감사를 느껴보세요

그러면 어느새
당신은
'행복함' 가운데
서 있을 것입니다.

봄햇살

오늘따라
아침 햇살이
더 따듯하게 내 마음에 닿는다

연한 새싹이 막 고개를 내밀고
앙증맞은 봄꽃이 조심스레 웃는다

분명 봄인데
마음속은
희망으로 가득한 새해의 아침 같다.

연구실

운치 있는 식당
주변 경관도 아름다운데
화장실이 없다

"사장님, 여기 화장실 어딨죠?"
"아, 네. 거기 연구실입니다."
"네?"

연구실 문을 열자
좌변기가 떡하니 놓여 있고
벽에는 고급스러워 보이는 벽화가 걸려 있다

잠시 멍하니 바라보던 나는
문득 깨달았다.
'이게 바로~ 연구와 배설의 조화로구나.'

벚꽃 웃음소리

임 찾아가는 길
내 집 앞을 지나시나
길가에도 언덕에도
구름처럼 흩날리는 꽃물결

송이마다 매달린
벚꽃의 웃음소리
손 잡고 꽃길을 걷는
연인들은 한 폭의 수채화
바람결에 흔들리며 춤춘다

흐드러진 벚꽃 향기
떠오르는 옛 추억
봄마다 넘실대는
하늘의 축복.

시골살이

마당의 낙엽을
눈 쓸듯 쓸다 보니
산더미가 된다
아이구야
산 밑으로 이사 왔더니
낙엽 치우는 일조차
하루의 무게가 된다

주변 정리도 일이고
이래저래 할 일은 많은데
힘도 부족하고
일손도 모자란다
주여
제게 삼손의 힘을 주소서

귀촌, 귀농, 귀임
그저 로망만은 아니다
귀촌 선배 지인은
텃밭에 이것저것 심으며

그림 같은 꿈을 꾸다가
1년 농사 끝에 이렇게 말한다
"농사가 직업이 아니라면
다섯 평 이상은 하지 마세요."

나야 뭐 워낙 시골 출신이라
그 마음 이미 다 알고 있다
그래도
시골살이는
조금만 지혜를 발휘하면
진짜 로망이 될 수 있다.

화성인으로 살기

수원에서 화성으로 이사했다
거리로는 불과 30여 분
시만 바뀌었을 뿐인데
아직은 낯설음이 많다

주소지만 화성으로 옮겼을 뿐
나의 생활권은 여전히 수원이다
머리 커트도
목욕탕도
사역지 경찰서도
사람도 수원 사람을 더 많이 만난다

하지만 천천히
나는 화성인이 되어 간다
화성시 기독교연합회에 가입하고
화성시 교회 행사에도 참여하고
화성시 산에도 더러 올라간다

오월,
우리 교회는 동네 주민들에게
식사 대접을 했다.
많은 분들이 참여해 주셨다
감사한 날이있다

이제 나는
조금씩
화성인이 되어 가고 있다.

제2부

뜨거운 여름

기우이기를

철썩, 철썩~
파도가 부서지는 소리

낭만이었다면
좋았으련만

전쟁의 상흔 속
대한민국은
한동안 극빈의 나라였다

70년대 여름
장맛비에 떠내려온
수박 한 덩이, 참외 한 개
그거 잡으려
바닷물에 몸을 던졌다가
끝내 돌아오지 못한 사람

그렇게 허무하게
막을 내린 인생도 있었는데

지금의 젊은 세대는
그 시절을 알 길이 없다
악착같이 버티며
살아보려는 마음
지금은 있는 듯 없는 듯

선조들이 뿌린 씨앗
그 열매
지금 너무 풍성하다

하지만
모두 거두고 나면
어떻게 될까

이 모든 것이
기우이기를.

보리수

칠보산 절 밑에
잘 자란 보리수
스스로 나왔나
스님이 심으셨나

그 열매
탐스러이 익어가니
등산객들 눈길을 끄네

이젠 화성으로 이사 와서
보리수와는 이별인가 하였지

그런데 웬걸
우리 집 근처 서너 그루 보리수
조용히 나를 기다리고 있었네

여호와 이레
여호와 삼마.

아브라함

여호와께서 아브라함에게 명하셨네
고향과 친척과 아버지 집을 떠나라고

그날부터 굽이치는
아브라함의 인생 여정
숨이 가빴네

하나님은 아브라함에게
뭇별을 셀 수 있나 보라
네 자손이 이와 같으리라
말씀하셨네

그러나 그도 사람인지라
실수하고 실언하고
실패도 하였네

그럼에도 불구하고
아브라함의 한평생은 위대하였으니
복의 근원 되었네
복의 근원 되었네.

철부지

농부들은 철을 아는데
아이들은 철을 모르네

그러면 안 된다고
부드럽게 타이른다

그리고
어른들이여

예부터
아이 하나 키우려면
온 동네가 필요하다 했거늘

남의 일로 방심하다 보면
내 아이도 오염될 수 있으니

방관은 금물
따듯한 관심은
언제나 환영이외다.

아듀! 여름

헉헉
숨막히게 달아올랐던 여름
집 무너지는 줄 알았던 물폭탄!
슬그머니 꼬리를 내린다

어느새 긴팔을 찾고
이불을 끌어당긴다
가을이 턱밑까지 왔다

하나님의 섭리 따라
황금빛으로 물들어 가는 들녘

그 풍성함을 바라보는 마음은
이미 가을 한가운데 닿아 있다.

교동도

섬 안의 섬 교동도
나는 거기서 20여 년을
유배자처럼 살았다

우물 안의 개구리
촌놈 중의 촌놈
미물 같은 나의 젊은 날

옛날, 연락선 타고 다니던 시절
배가 뜨고 뱃고동이 울리면
어디선가 갈매기 떼들이 몰려와
하늘을 뒤덮곤 했다

시간이 멈춘 거리 대룡시장
연산군 유배지와 화개정원
모두 관광 상품화되었다

사람들은 교동을
낙도落島 아닌 낙도樂島라고 부르지만

내게는 아직도
쓸쓸한 추억이 물기처럼 배어 오른다

내 인생의 밑바닥을 닦아낸 교동
물과 2킬로미터 바다 긴니는 북녘땅
그 해변을 따라
을씨년스러운 철책선만이
여전히 바람을 막고 서 있다.

변신

여름은 해마다 더 뜨겁다
땀이 절로 흐르고
몸은 금세 끈적거린다

하루에 샤워를 한두 번은 해야 하는
이 한반도 날씨
세월 따라 기후도 변했다

한때 대구에서만 재배되던 촌 사과가
이젠 서울에서도 되고
심지어 최북단 교동도까지 올라왔으니
세상이 많이 달라진 것이다

북한에 살던 한 청년이
남한에 오더니
머리에 물들이고
팔다리에 문신하고
찢어진 청바지 입고
새 세상을 누린다

변신은 그렇다 치자
하지만 변심은 하지 마라.

바다는 바다대로 산은 산대로

내가
태어나 보니 사면이 바다였다
자연히 자연을 벗 삼아
거기서 청소년기를 보내며
바깥세상을 내다본 건
불과 서너 번 정도였다

이제 내가
뭍으로 나온 지 반백 년이 지났어도
여전히 바다 비린내는
고향의 냄새요
향기롭다

그런데 언제부턴가
나는 산을 더 가까이하고 있다
산에서 나는 풀냄새 나무냄새
거기서 뿜어져 나오는 피톤치드
그 맛에 나는 줄기차게 산을 오른다

바다는 바다대로
산은 산대로
오늘도 나는 그 향에 취한다.

매미들의 합창

긴 폭염
좋아서일까
막바지 여름이 아쉬워서일까
매앰~매앰~매앰~매앰~

산자락에 사는 우리는
매미들의 합창에
조용히 새벽잠을 빼앗긴다

때로는 그 소리가
처연하게 마음을 스치지만
그래도 반갑다
자연이 들려주는 생명의 노래이기 때문이다

오늘도 새벽기도를 마치고
잠시 누워 휴식을 취하려 했지만
요란한 매미 소리에
그만 벌떡 일어나야 했다.

물폭탄

장마가 끝나고
폭염에 시달리던 어느 날
하늘이 무겁게 일그러지더니
거대한 물폭탄을 쏟아냈다

장마 때보다
더 강력한 많은 비가
투하되었다

115년 만의 기록적인 폭우
여러 사람 죽고 다치고
부자 동네가 침수되고
많은 고급 외제 승용차까지도
예외 없이 다 물에 잠겼다

외신 기자들은 본국에
한국 발음 그대로
banjiha라 적으며
침수 뉴스를 특종으로
송고하느라 분주했다.

왜 이렇게 비가 오지?

올해는 봄부터 비가 잦았다
장마철엔
때는 이때다 싶었는지
하늘은 54일 내내 문을 닫지 않았다
말복이 지나도
빗줄기는 여전히 흩날렸다

그런데
장마 끝났다고 끝이 아니었다
무슨 태풍, 또 무슨 태풍
비는 구실을 찾아 다시 내렸다
오늘도 창밖은 젖어 있다

문득, 옛날 생각이 난다
천수답 시절
비가 오지 않으면
7월 장마만 기다렸다
연못 물 퍼다
한 포기 한 포기 모를 심던 시절

그렇게 심은 모가
어찌 알곡을 맺었으랴

그런데
이제는 트랙터가 윙윙 날리고
모내기는 5월이면 다 끝난다
농사는 과학이 되었고
쌀은 남아돈다

양식과 물의 복을 받은 땅
그러나 저 북녘은
아직도 이밥에 고깃국 타령이다

적당한 비는 축복이지만
넘치면 재앙이 된다
기후도 사회도
이제 우기와 건기로 갈리는 시대
하늘이
무엇을 씻어내려는지 모르겠다.

가만히

머리도 쉼이 필요하다.
이번 주 폭염 절정
건물마다 후끈후끈, 찜질방 같다

휴가를 받아
시골로, 계곡으로
수련회로, 외국으로
어디론가 떠난다

지인에게 전화를 걸었다
"지금 뭐 하세요?"
"저요, 가만~히 있습니다."

맞다
가만히 있는 것
그게 진짜 쉼

안경 벗고
신경 끄고

생각 접고
컴퓨터 끄고
스마트폰 접고
눈 감고
그냥 가만히

하지만
잠시뿐이다
근질근질, 가만히 못 있는다
뭘 적고
들여다보고
문장이 떠오르고
생각이 교차한다

헉
머리야, 미안하다
하지만 또 꿈틀, 또 움직인다.

여름은 간다

아직도 한낮은 뜨겁지만
매미 소리 처연해진 걸 보니
여름이 저물어 가나 보다

열대지방을 닮아가는
한반도의 폭염

아무리 맹렬하다 한들
영원할 수는 없지

우리의 인생 또한
영원하지 않다

달도 차면 기울고
정상에 올랐으면
내려올 때도 있는 법

그때 다치지 않도록
하루하루
조심조심, 또 조심하며
살아가야지.

달덩이

휘영청 밝은 보름달
어찌 그리 크고 환하게
또 그렇게 호탕한 웃음으로 떠올랐을까

더운 여름밤, 창문 열어두었더니
우리 집 안방까지
달덩이가 성큼 걸어 들어왔다

한밤중
내가 달덩이를 못 본 줄 알고
아내가 나를 깨웠고
나는 잠결에 "I~C~"
허공에 흐린 말 하나 남겼다

새벽기도 나서는데
혹시라도 내가 못 봤을까
여전히 환하게 웃으며 서 있는 보름달

나는 기도드렸다
우리 국민 모두가
저 달덩이처럼
함박웃음 짓는 그날이 오기를.

제3부

깊어가는 가을

폭염 속 추석

이렇게 뜨거운 추석도 있었을까
한낮은 마치 불바다

일조량 좋아 벼알이 영글기엔 더할 나위 없겠지만
사람들에게는 고역스런 날씨다

그래도 국방부 시계는 멈추지 않는다
좀 참으면 진급도 하고 전역도 한다

조석으로 서늘한 기온이 돌고
한낮의 폭염도 곧 누그러질 것이다

계절이 바뀌듯 사람도 변한다
한 세대는 가고 한 세대가 온다

아이들은 청년이 되고
청년이 어른이 되며
어른들은 노년으로 밀려난다

흐르는 세월 그 누가 막을 수 있으랴
세월 앞에 장사 없다

폭염아!
너도 곧 끝이다.

물이 흘러가듯

물이 흘러가듯
우리의 삶도 그렇게 흘러가면 된다
가다가 막히면 비켜 가고
비킬 수 없으면 잠시 멈추면 된다
그렇게 숨을 고르다 보면
길은 다시 열린다

앙헬레스와 마발라카트의 빈민촌
그곳은 우리에게 손짓하는 마게도냐였고
주님은 우리를 그곳으로 인도하셨다

우리는 전에
그곳에 한 번 다녀온 후
동일하게 거룩한 부담감이 있었다

그런데 코로나가 창궐하여
발이 묶인 3년 동안
아이들은 훌쩍 커버렸고
동네는 절반이 이주를 당했다

우아한 여행이 아니다
그런데 기특하게도
우리 교회 대학부 청년들은
다시 그곳에 가기를 희망했다

소외된 땅, 열악한 환경
그러나 그들도 귀한 영혼들이다
우리는 그들을 위하여 땀을 흘렸고
이제는 멀리서 기도로 함께한다.

천국 노가다

노가다 가면
시키는 대로 하고
주는 대로 먹고
잔머리 굴리지 말고
잔말 말고
묻지도 말고
따지지도 말고
일만 하는 거란다

그게 원래
고대 노예제사회의 단면
이른바 종의 자세였거든

하지만 나는
그런 데는 못 간다
내 머리로 일하고
먹고 싶은 대로 먹고
쉬엄쉬엄 일한다

비록 몸은 약하지만
그래서
속도는 못 내지만
그리고 아마추어지만

그래도 웬만한 건
자력으로 하니
이름하여 나는
천국 노가다.

현판식

경찰서에는
경목실 경승실 경신실이 있다
관련 법령에 의해
일정한 자격을 갖춘 성직자들로 하여금
경찰서 종교활동을 지도하게 한 국가적 사역

얼마 전
경신실 문 앞에
'미가엘 성당'이라는 간판이 걸렸다.
이를 본 우리 회원이 나한테
"교회 간판도 달죠?"라고 한다
"아, 그럴까요?"
웃으며 대답했다

기경회에서 간판을 준비하겠다고 한다
며칠 뒤
한 공예작가의 손을 거친
예쁜 간판이 완성되었다

이걸 보는 순간 그냥 걸기보다는
현판식을 해야겠다는 생각이 번쩍 들었다

당일
내가 사회를 보고
경목 한 분의 대표기도가 있은 후
하나, 둘, 셋!
간판은 모습을 드러냈다

이어서
서장 덕담이 이어졌다
우리 경찰서 직원들의 안식처가 되기를
그리고 수고하는 경목들의 노고를 치하하셨다

마지막으로는 기념 촬영과
신우회에서 준비한 다과회로
잔잔하게 마무리되었다

간판은 보기 좋아야 한다
간판이니까.

끓는 가슴

동해에 솟아오르는 태양처럼
내 가슴의 정열은
일 년 내내 활화산이었다

그러다 보면
일 년이 가고
또 일 년이 가고
어느새 칠순이다

그래도 나는
끓는 가슴을 주체 못하고
여전히 희망찬 내일을 꿈꾼다.

산 밤

우리 산 등산로에
밤송이 후두둑 후두둑

하늘에서 내려온 만나
줍고 또 줍다 보니
금세 한 됫박

나머지는 다람쥐 몫
나는 여기서 멈추리.

귀촌일기

하루의 시작은 새벽기도이다
경건한 읊조림의 시간
하나님이 귀가 어두워서 못 듣는 분은 아니시니

이웃 주민이 공짜로 내준 밭에서
옥수수, 고구마, 감자, 들깨, 상추, 토마토, 가지, 열무를
심고 가꾸며 돌본다

손을 놓은 지 수십 년이 흘렀지만
원래 나는 찐 농사꾼 출신이다
농부의 아들이요, 농고와 농대를 나왔다

귀촌하고 보니 자연인이 된 듯하다
자연산 미나리, 구기자, 뽕잎, 취나물 등등
온 사방이 죄다 반찬거리다
요즘은 산에 산딸기가 한가득이고
앵두는 붉어지고, 감꽃과 밤꽃이 피고
보리수도 대기하고 있다

나는 천성이 모양내고 사는 체질이 아닌데
시골에 오니 더 그렇다
때로는 일하다 만 차림으로
서울까지 다녀오기도 한다

주변 환경이 아무리 이 일 저 일 하게 해도
나의 주업무는 목회이니
말씀 준비는 자면서도 꿈속에서도 한다

내세울 것 하나 없고
부족함뿐인 사람이지만
그저 하루하루
주의 은혜로 살아간다.

나라를 위한 기도

전능하신 하나님 아버지!
순교의 피로 세워지고
기도로 세워진 나라
백만 명이 새벽기도하는 나라
전쟁의 잿더미에서
한강의 기적을 이루어낸 이 나라

그 우리의 대한민국이
세계 모든 민족 위에 뛰어난 복을 받아
배부르고 등 따뜻해지자
하나님을 멀리한 죄로
지금 백척간두에 서 있습니다
주여, 이 민족의 죄악을 용서하옵소서

사방에 돌을 든 자들만 보이나이다
내 눈 속의 들보는 보지 못한 채
남의 눈에 티만 보고 흉보는 우리를
주께서 깨우쳐 주소서

바람과 파도도 잠잠하게 하신 주님
부디 이 나라를 다시금 제자리로
바르게 세워 주소서

모든 것이 합력하여 선을 이루는
놀라운 기적이 일어나기를 간절히 기도드립니다
우리 국민 모두가 손에 손을 잡고
다시 일어서는 대한민국이 되게 하옵소서.

저녁노을

이글거리던 태양이
살포시 저녁노을로
내려앉았다

어느덧
그때가 되었나

서녁 하늘을 보며
오늘 나는
깊은 상념에 젖는다

산책하는 젊은 연인들
풋풋한 풍경이
매우, 매우 아름답다
나도 저런 때가 있었나
회한이 밀려온다

오직 외길
열심히 달려오다 보니
젊은 날
대학 캠퍼스의 낭만도 모른 채
세월을 흘려보냈나.

불타는 가을

샛노랑 은행잎
깊은 가을을 말한다

화단에도, 거리에도
저 너머에도
온통 울긋불긋

가을의 손짓에
집을 나서니
보이는 것은 다 불바다

낙엽이 되기 전
나뭇잎은 마지막 몸을 물들여
우리를 즐겁게 한다
우리를 즐겁게 한다.

감나무

창밖 감나무
올해도 주렁주렁

보암직
먹음직
탐스럽더니

며칠 새
다 거둬지고

이제는
낙엽만 흩날린다

우리네 인생도
언젠가는
낙엽 되어
바람 따라 날아가리.

가을

다리 골절 사고 후
나는 두 달째 방 안에 갇혀 있다

창문 열면
물드는 가을빛이 살며시 들어온다

식탁 위에는
밤 감 대추 고구마가 놓여
흘러가는 세월을 가늠한다

멀리, 농부들 가을걷이는
거의 끝났고

방 안에서는
가끔 보일러가 낮게 숨을 쉰다

뜨거웠던 여름은 이미 사라지고
누렇게 익은 황금 들녘도
눈앞에서 잦아든다

이제 나는
조용히 가을을 배웅한다.

바이크 동호회

따르릉따르릉 비켜나세요
자전거가 나갑니다
따르르르릉
앞에 가는 저 사람 조심하세요
우물쭈물하다가는 큰일 납니다

초등학교 때 배운 동요가
갑자기 생각난다

어릴 적 타던 자전거
이제 환갑을 지난 노땅들이
다시 달린다
이름하여, 바이크 동호회

회원들 모두
여기에 푹 빠졌다
시간을 쪼개고
물병 차고
헬멧 쓰고 달리는 기분

상쾌하다
썰매 타는 기분 따위는 저리 가라

오늘 시간 됩니까
몇 시에 나오십니까
오늘은 어디로 갑니까
내일은 몇 시에 만날까요
요즘 자주 듣는 소리다
늦게 배운 도둑질
날 새는 줄 모른다더니, 딱 그렇다

자전거 탈 만한 곳이
우리 주변에 이렇게 많고 좋은 줄
예전엔 미처 몰랐다

땀 쫘~악 빼고
샤워 쌰~악 하고
잠 푸~욱 자면
날마다 새롭다.

까치집

창밖
상당히 높은 나무들
그 꼭대기에
까치집이 대여섯 개 보인다

까치가 부리로
하나하나 물어다가 지은 집
생각보다 크고
짓는 데도 꽤 오래 걸렸으리라

바닥은 흙을 깔고
벽면은 보드라운 재료로 다듬어
운치도 있고
기술력도 뛰어나고
보기에도 참 아름답다
정말 예술이다

바람이 세게 부는 날
혹여 무너질까

나는 또 올려다보지만
까치집은
흔들흔들 춤만 춘다

아래에서 보면 추워 보이는데
난방은 무엇으로 했을까
괜한 걱정을 또 한다.

백로白露

가을이라 하나
열기는 아직 남아 있다

흰 이슬 내린다는
백로도 지나갔건만
여름은 끝내 물러서지 않는다

매미의 울음은 희미해지고
귀뚜라미의 숨결이 스며든다

짧은 낮과 긴 밤
그 사이에서
자연은 아무 말 없이
계절을 넘긴다.

만추의 산봉우리에서

자주 오르던 뒷산
오랜만에 올라보니
계절이 이미 바뀌어 있었다

푸르던 숲
예뻤던 단풍
하나둘 스러지고 떨어져
이제는 속살이 보인다

아직 버티고 있는 나뭇잎들
그것들도 언젠가는 떨어지겠지

정상에 앉아
폰을 들고
젖은 상념을 조용히 끄적인다

우리네 인생도 그러하다
앞서거니 뒤서거니
서로를 스치며
멀고 긴 여행을 떠난다.

필리핀 선교 후기

앙헬레스 아누나스
그곳에 코피노들이 살고 있다

태어난 게 무슨 죄일까
출생의 이유를 묻지 말라

동네가 조금 변했다
하천도 더러 정리됐고
주민들 일부는 집단이주를 했다

그곳에 말씀을 들으러 오는 이들이 있다
줄잡아 백여 명
귀한 영혼들이다
아이들은 아이들대로
1년에 한 번 하는 태권도를 기다린다

마발라카트
아누나스에서 집단이주 당해온 사람들이 정착한 곳

전기도 들어오지 않고
상수도 공급도 없다

하지만 그들도 사람이다
그들에게도 문명의 혜택이 필요하며
그들의 영혼도 소중하다

아브라함 김 선교사가
그들을 위한 교회를 세웠다
우리가 그곳을 방문했을 때
중고등부 아이들이 우리를 반긴다
즐거운 태권도
오묘한 말씀
아이들은 온 마음을 다해 집중했다
이 순간이 오랜 기억이 될 듯하다

복 받은 대한민국
이제는, 나눌 때이다.

만선滿船

베드로가 예수님을 처음 만났을 때
그는 모든 것을 버리고 예수님을 따라나섰다

그러나 예수님께서 로마 군병들에게 잡히시던 날
베드로는 혼비백산하여 도망을 쳤다
더구나 대제사장 가야바의 뜰에서는
예수를 모른다고 세 번이나 부인하고 저주까지 퍼부었다
이것이 인간 마음의 나약함이다

예수님을 배신한 베드로
옛날 능숙했던 어부의 삶으로 돌아갔다

그런데 사명의 자리를 떠나자
놀랍게도 고기가 잡히지 않았다

그때 주님께서 찾아오셔서
"고기가 있느냐?" 물으셨다
베드로는 모기만한 소리로
"아니요."라고 대답했다

그러자 예수님은 말씀하셨다
"그물을 배 오른편에 던지라."
베드로가 순종하자
그물을 들 수 없을 만큼 많은 물고기가 잡혔다

우리 인생의 배에도
예수님을 선장으로 모셔들이자

그것이 만선滿船의 지름길이 아니던가

주님은 말씀하신다
"사람을 낚는 어부가 되라."

제4부

첫눈이 내리면

스님들의 대화

제법 큰 절
삼복더위 한낮에
스님들 몇이
마당 한쪽 벤치에 모여 앉았다

하지만 묘하게
맹숭맹숭한 공기
말문이 트이지 않았다

그때 그중 한 스님이
"우리 시원한 음료수라도 사다 먹으면서
이야기 나누자"고 말했지만

모두 비슷한 위치의 스님들
누가 마트에 다녀올지
딱히 나서는 사람이 없었다

그 순간
눈치 빠른 한 스님이
벌떡 일어나며 말했다

"그럼~ 내가 십자가를 지겠소!"

유비무환

1월 말, 교회 주변 나무들을
말끔하게 전지하고 벌목하니
산뜻하게 이발한 기분이다

놀라운 사실은
아직 한겨울인데도
지름 50cm 나무를 베어보니
이미 상당 부분 물이 차오르고 있었다

곧 다가올 봄을 맞기 위하여
스텐바이하고 있는 나무들
뛰어난 준비성이다

농촌에서는 설명절 지나면
슬슬 농사 준비에 들어간다
두엄 내기, 농기구 손질, 못자리 준비
각종 씨앗 준비, 인력 점검, 예산 짜기

무슨 일을 닥치고 나서야 서두른다면
이미 늦은 것이다
농한기에 농번기를 준비하듯이
평상시에 유사시를 준비하는 자는
반드시 일어난다

유비무환이다
노는 데만 정신 팔면
낙오하기 십상+常이다
남들하고 어울릴 건 어울리되
한편으로는 묵묵히 자기 칼을 갈아야 한다

그런 중에도
영혼을 살피라
미래를 준비하라
조물주 앞에 서는 그날
승리의 월계관이 씌어지기를.

바람

찬바람이 분다
목선을 스치고
가슴팍 깊이 파고든다
아~ 목도리를 하고 나올걸
조금은 후회된다

하지만
바람은 바람대로
자기 일을 하는 법

이 바람은
겨울의 끝자락에서 불어
잠든 개구리를 깨우고
묻힌 씨앗을 흔들고
고요한 나무를 깨운다
"일어나라 이제는 봄이다."

인생에도 바람은 분다
시원한 바람도 있고
매서운 바람도 있다

그러나
그 바람 속에서 정신을 차리고
옷깃을 여미고
한 걸음 내딛는다면

그 바람은
새 역사를 여는 문이 된다
그 바람은
우리의 길을 만든다

그러니
어떤 바람이든
이겨내라
이용하라

그 바람
결국은
축복이 되리라.

창립절 기도

비록 무화과나무가 무성치 못하고
포도나무에 열매가 적었을지라도
우리는 최선을 다했습니다

주님이 허락하신 강은 공동체!
우리는 이곳에서 은혜를 누리고
서로의 삶 속에서 행복을 맛보게 하소서

이제는 연단을 넘어
시온의 대로로 힘차게 나아가게 하시고
강은의 모든 가족에게
하늘의 신령한 복과
땅의 기름진 복을 풍성히 부어 주소서.

첫눈

오늘처럼 첫눈이 흠뻑 내리던 날
어느 열대지방에서 온 신부가
신랑감을 보고 첫눈에 반했다는 이야기가 있다
오늘, 또 누군가 첫눈에 반했다고 한다

그 눈(eye)이나 이 눈(snow)이나
발음은 같아도 모양은 다르듯
사람마다 첫눈에 대한 추억은
각양각색이다

11월의 첫눈이 폭설로 왔다
117년 만이라던가
나는 겨울철만 되면
눈 치우느라 정신이 없어서
눈 오는 날은 외출 금지다
첫눈의 설렘과 제설의 부담감이
오늘 하루 내 안에서 공존한다.

흰 눈

흰 눈이 펄펄
잘도 내린다

낭만은 잠시
나는 곧 제설작업 돌입한다

범위가 넓어
한 시간, 두 시간
훌쩍 지나간다

이웃에서도
지원사격 나온다

올해는 어찌나 눈이
자주, 또 많이 오는지

엄동설한 속에서도
땀은 흐르고 귀는 시리다

운동이 따로 있나
눈 쓸면 그게 운동이지

인류의 모든 죄를
주님은 흰 눈처럼
덮어주셨다.

아, 대한민국

전쟁은 먼 나라의 뉴스가 아니다
힘이 없으면 누구나 당할 수 있다는
차가운 사실이다
러시아와 우크라이나 사태를 보며
세상은 아직도 힘이 법이 되는 곳임을 느낀다

그러다 인스타 릴스를 보니
전 세계가 같은 음악에 같은 춤을 추고 있다
참으로 신기하다
아닌 게 아니라 춤출 일이 많아졌으면 좋겠다

정치의 계절이 돌아오면
늘 비슷한 풍경이 펼쳐진다
정책제시보다는 싸움
비전제시보다는 공격
선거판은 좀처럼 새로워지지 않고 있다

유엔이 대한민국을 선진국이라 부른다
그러나 정치는 아무리 봐도 후진국이다
존경받을 만한 리더
나라를 이끌 품격 있는 목소리
그런 사람들이 나타났으면 좋겠다

아, 대한민국
정말 좋은 나라가 되기를
하나님이 보우하사
우리나라 만세!

비둘기의 슬픈 사랑 이야기

처마 끝
비둘기 한 쌍

암컷은 매일
수컷에게 작은 마음을 쏟았다

그러던 어느 날 새벽
암컷은 말없이 사라졌다

남은 건
따듯했던 자리 하나

사람도 그렇다
조금이라도 인정받고 싶은 마음
그 작은 온기가 없으면
사랑은 금세 부서진다

사랑은
두 마음이 서로에게 기울 때만 머문다

한쪽의 희생만으로는
끝내 지켜지기 어렵다.

설경

봄을 코앞에 두고
흰 눈이 흠뻑 내려앉았다
창문 너머 동네 풍경은
눈꽃으로 뒤덮여
한 폭의 그림 같다
아내는 여기저기
카메라 셔터를
사정없이 눌러댄다

설 뫼가 눈빛처럼 빛나고
때아닌 눈밭 위로
외국인 관광객들
환호성을 터뜨린다
각자의 나라로
아름다움을 전송하느라
손놀림이 분주하다

겨울의 멋! 설경!
아이들만 좋아하는 게 아니다
강아지들만 좋아하는 게 아니다
흰 눈이 펄펄 내리면
모든 사람은
금세 동심으로 돌아간다

하지만 나는 눈 치우느라
속옷이 다 젖어버렸다

그럼에도
눈 내린 겨울은
참으로 아름다워라.

망자의 전화

며칠 전, 겨울 산길을 오르던 중
갑자기 전화벨이 울린다
화면을 들여다보니
지난해 세상을 떠난 형님의 이름이 뜬다

얼떨결에 받으려고 터치하려는 순간
그 찰나에 신호음은 뚝 끊겼다

나는 혼자 피식 웃으면서
하늘나라에 불편 사항이라도 생겼나
아니면 요 며칠 강추위에 눈도 많이 왔으니
동생이 잘 지내는지
문득 궁금해진 걸까

엄동설한 산길에서
잠시 소설 한 장을 써 내려간 셈이다
전번 삭제~ 다시 해야겠다.

2월

짧은 2월
봄이 어서 오기만을
고대하는 마음

입춘이 지났건만
추위가 길게 이어지는 것은
봄에게 자리를 내주기 싫은
겨울의 심술일까

그래도 2월은 간다
가는 세월 붙잡을 자 누구랴
나이가 들수록 흐르는 세월의
체감속도는 더 빨라진다

따듯한 봄이 그립다
봄이 오면
새싹도 돋고 꽃도 피고
나라도 안정이 되겠지

오늘도 작은 희망 하나를
꽉 붙든다.

봄을 기다리며

기다리는 봄은
더디 온다더니!

저만치 보인
그대의 그림자에
나는 버선발로 뛰어나왔다

그런데 오는 속도가
왜 이렇게 느린지…

오늘도 나는
손꼽아 기다린다

그런데
오라는 봄은 꾸물대고
웬 미세먼지만 밀려온다
숨쉬기조차 버거운 하루

그래도
나는 포기하지 않는다
나는 여전히
봄을 기다린다

새싹이 돋고
예쁜 꽃 피어나고
만물이 깨어나는 그날

나는 두 팔 벌려
그대를 반겨 맞으리.

봄이여 어서 오라

가는 세월 붙잡고 싶다지만
나는 오늘도
"겨울이여, 어서 가거라~"
중얼거린다

겨울은
어깨가 저절로 움츠러드는 때
펄펄 눈이 오면
이젠 걱정부터 앞서는 나이

아이들은 웃고
강아지는 날뛰지만
나는
길 위의 미끄러움을 보게 된다

조금 더 있으면
땅속을 비집고 나오는
연둣빛 새싹들을 보게 되겠지

그때
희망도 함께 돋아날 것이다

올겨울은 춥지도 않았지만
그래도, 봄이여 어서 오라

봄이 오면
내 가슴 따듯한 일도
함께 오리니

나, 그대를
기다리노라.

나는 벌써 봄을 부른다

하루 종일
눈이 펄펄 내린다
이걸 다 치우는 것도
보통 일이 아니다

요즘은 최강 한파
아니, 냉동고 같은 추위가
문 앞까지 들이닥쳤다
수족 냉증이 있는 나
추위에 약한 나
아니, 그냥 약골인 나
강한 척해보지만
사실은 춥다

아내가 난방비 아낀다고
방 안 온도를 낮춰 놨다
나는 그 방 안에서조차
겨울 점퍼 단단히 입는다

풍요 속 빈곤
그 안에 있는 취약한 사람들
그들을 떠올리면
춥다는 말도
선뜻 하지 못한다

겨울은
없는 사람들에게는
조금 짧았으면 좋겠다
지나고 나면 그저 추억이라지만

아직 1월
나는 벌써 봄을 부른다
봄이여
어서 오라.

골절 사고

원숭이도
나무에서 떨어질 때가 있다지

수십 년을 산을 다니며
빗길에도 넘어지고
눈길에도 넘어졌지만
오뚝이처럼 늘 잘도 일어섰거늘

난데없는 다리 골절 사고
그것도 동네 다 내려와서!

아!
선 줄로 생각하는 자여
넘어질까 조심하라.

휠체어

우리 교회 성도가 1년 전에
당신 어머니가 쓰시던 휠체어를
교회에 필요한 사람 쓰시라고 가져왔다

그때 나는 속으로 그거 쓸 사람도 없고
둘 데도 마땅치 않은데~ 하고
환영하지 않았다

그런데 그 휠체어를 지금 내가 쓰고 있다
최근 나는 다리 골절 사고로
수술 후 약 두 달간은 꼼짝 못 한다

사람 앞일은 모르는 거다
내가 휠체어를 타게 되리라고
그 누가 생각이나 했겠는가

그 휠체어를 화성시 복지관으로부터
하나 더 지원받아 실내외로 나눠 쓰고 있다.

나무의 겨울나기

늦가을
나무는 스스로 마음을 비운다
하나둘 떨구는 잎사귀에
긴 숨을 접어 넣고

몸속 배어 있던 물기도
땅으로 내려보낸다
차가운 겨울을 견디려면
비워두는 용기가 필요하다는 듯

사람 잘 만난 나무들은
따뜻한 보온재로 옷을 입고
추위 속에서도
포근한 겨울을 즐긴다

기온은 더 낮아지고
바람은 더 매서워지지만

그 속에서
나무도 사람도
서로의 온기에 기대어
따뜻했으면 좋겠다.

바다는 바다대로 산은 산대로
—황화진 문학의 한 표정

．
．
．

김지원
시인, 전 한국크리스천문학가협회장

바다는 바다대로 산은 산대로
-황화진 문학의 한 표정

김지원
시인, 전 한국크리스천문학가협회장

1.

문화에 대한 일반적인 정의는 '경작'이다.

경작이란 인류 문화가 농경사회로부터 출발했음을 보여주는 방증이기도 하다. 그런데 자연과 더불어 시작했다는 인류의 삶에서 생산 파생된 유형무형의 가치는 농업뿐만 아니라 그 기저에 문학과도 맥이 닿아 있다고 할 수 있는데 농업(Agriculture)의 Agri는 라틴어의 '흙' 또는 '밭'이란 뜻을 가지고 있으니 그 소위가 더욱 분명하다. 이런 이유로 문학과 농업 그리고 문학과 문화의 관계는 한 뿌리의 다른 모습이라 해도 과언이 아니다.

이런 측면으로 볼 때 인간이 자연과의 순리 속에서 생명을 얻고 자연과의 공존 속에서 주고받은 영향은 태생적으로 느끼고 있는 문제이다. 그런데 그 가운데서 문학인들이 느끼는 동경과 향수는 더 특별

하다 할 것이다. 그래서 시인 지용은 「향수」를 썼고, 소월은 「산유화」를 노래하고 「엄마야 누나야 강변 살자」 했으며, 예이츠는 고향 이니스프리 호수에 있는 작은 섬 「이니스프리의 호도湖島」를 노래하지 않았던가. 이런 까닭에 이번에 첫 시집을 상재하는 황화진의 작품에서 자연에 대한 동경과 그리움 그런 것들이 유난히 눈에 많이 띄는 것도 이런 본질적인 범주에서 예외는 아니라고 여겨지는 부분들이다.

2.

주지하다시피 문학이란 속박이나 고정된 틀을 답습하는 것이 아니라 자유를 향유하는 것이고 끝없는 자유에 대한 갈망이다.

황화진이 태어난 곳은 강화도다. 그리고 그 강화도에서 다시 배를 타고 들어가야 하는 서북단 교동도다.

지금이야 세상이 좋아져 다리가 연결되고 바깥세상과 소통이 이루어지고 있지만 그가 세상에 태어나서 바라본 것들은 푸른 바다의 비린 냄새와 을씨년스러운 철책선과 가난한 풍경들이 이마를 마주하고 있는 곳이었다. 그는 그곳에서 농사짓는 법을 배웠고

농업고등학교를 졸업했으며 뭍으로 나와 목회자가 되었지만, 대학교에서 다시 농학과 사회복지학을 공부하였다.

그리고 그의 목회 사역 대부분 시간을 보냈던 도시를 떠나 인접한 전원에 새롭게 둥지를 틀었다. 이런 것은 유년시절 각인된 공간들에 대한 인장력 때문이기도 하지만 문학인으로서 지극히 자언스러운 일이 아니었을까 생각하는 부분이기도 하다. 아무튼 아래의 시 「교동도」를 읽어보면 그 소위를 쉽게 이해할 수 있으리라 본다.

섬 안의 섬 교동도
나는 거기서 20여 년을
유배자처럼 살았다

우물 안 개구리
촌놈 중의 촌놈
미물 같은 나의 젊은 날

옛날, 연락선을 타고 다니던 시절
배가 뜨고 뱃고동이 울리면
어디선가 갈매기 떼들이 몰려와
하늘을 뒤덮곤 했다

시간이 멈춘 거리 대룡시장
연산군 유배지와 화개정원
모두 관광 상품화되었다

사람들은 교동을
낙도落島 아닌 낙도樂島라고 부르지만
내게는 아직도
씁쓸한 추억이 물기처럼 배어 오른다

내 인생의 밑바닥을 닦아낸 교동
불과 2킬로미터 바다 건너는 북녘땅
그 해변을 따라
을씨년스러운 철책선만이
여전히 바람을 막고 서 있다.
                                    ―「교동도」전문

사오십 년 만에 듣는
시골의 개구리 소리
정말 청아하다

밤공기 가르며
터져나오는 그 함성
작지만 또렷한 외침

(중략)

웬일인지
그 소리는
희망의 함성으로 들린다.

-「개구리 소리」일부

물경 사오십 년 만에 듣는 개구리의 청아한 소리,
작지만 뚜렷한 외침은 무엇인가. 그것은 오랫동안
망각 가운데 있었던 잃어버렸던 소리를 다시 듣는
새로움이자 바로 생태계가 살아 있다는 희망의 함성
이라고 그는 말한다.

그의 시에는 가식이 없다. 꾸미려고 하지도 않고
서두르는 표정도 없다. 있는 그대로의 모습 그대로
를 전할 뿐이다. 그런 것들은 그의 신앙과 진정성에
대한 것들로 그에게는 아무런 거리낌이 되지 않은
듯하다.

향긋이 스며오는
풀냄새 흙냄새

거기에

밤꽃 향기까지 더해져

(중략)

원래 나는
촌사람

－「촌사람」 일부

나야 뭐 워낙 시골 출신이라
그 마음 이미 다 알고 있다
그래도
시골살이는
조금만 지혜를 발휘하면
진짜 로망이 될 수 있다,

－「시골살이」 일부

그리고 그는 작품 「귀촌일기」에서 이렇게 고백하
고 있다.

때로는 일하다 만 차림으로
서울까지 다녀오기도 한다

－「귀촌일기」 일부

어찌 보면 아무 꾸밈이 없어 감동을 주기도 하고 오히려 시의 경계를 넘나들고 있다는 인상을 받기도 한다. 그는 또 일하다 말고 입은 옷이나 신발 그대로 서울을 다녀오기도 한다. 자연과 탈자연의 경계를 부지런히 넘나들고 있다. 그리고 이런 것들은 너무 자연스러워서 꾸밈없는 그의 삶의 단면을 보여주는 듯하다.

3.

그는 목회자이다. 따라서 그가 경험한 것들과 노래들을 신앙과 귀결시키고 있다. 물론 그중에는 직설적인 것도 있지만 아래의 작품에서는 꽃의 웃음소리를 들을 수 있는 감수성도 보여주고 있다.

(전략)

송이마다 매달린
벚꽃의 웃음소리
손 잡고 꽃길을 걷는
연인들은 한 폭의 수채화
바람결에 흔들리며 춤춘다

흐드러진 벚꽃 향기
떠오르는 옛 추억
봄마다 넘실대는
하늘의 축복.

－「벚꽃 웃음소리」 일부

또한 그는 스스로를 천국 노가다로 표현하고 있
다. 비록 자연 속에서 살고 있지만 땅을 경작하는 것
만 아니라 씨를 뿌리고 김을 매고 영혼의 추수를 꿈
꾸는 부름을 받은 일꾼으로서 수고를 마다하지 않고
있다. 이런 사실로 미루어 보면 기실, 그가 맘속에
늘 그리워하는 자연도 고향도, 영원한 본향을 사모
하고 있는 것은 아닐까 유추된다.

노가다 가면
시키는 대로 하고
주는 대로 먹고
잔머리 굴리지 말고
잔말 말고
묻지도 말고
따지지도 말고
일만 하는 거란다

그게 원래
고대 노예제사회의 단면
이른바 종의 자세였거든
　　　　　　　－「천국 노가다」 전반부

　이제 그는 고향 교동도가 낙도落島에서 낙도樂島로
바뀌듯 세상을 바꾸는 일꾼으로서 모습을 보여주고
있거니와 더불어 자유를 향유하며 세상을 변화시키
기를 원하는 꿈을 꾸고 있는 듯하다.
　시의 생명력은 꾸밈없는 진솔함에 있다. 황화진의
작품은 단순하고 정직하다. 그는 이제 봄을 기다리
고 있다.
　앞으로 독자들도 만개한 희망의 봄을 함께 기다리
고 있을 것이다.